Miguel de Cervantes Saavedra

El rufián viudo llamado Trampagos

Barcelona **2024**
Linkgua-ediciones.com

Créditos

Título original: El rufián viudo llamado Trampagos.

© 2024, Red ediciones S.L.

e-mail: info@linkgua.com

Diseño de cubierta: Michel Mallard

ISBN rústica: 978-84-9816-370-4.
ISBN ebook: 978-84-9953-118-2.

Sumario

Brevísima presentación

La vida
Miguel de Cervantes Saavedra (Alcalá de Henares, 1547-Madrid, 1616). España.

Hijo de Rodrigo Cervantes, cirujano, y Leonor de Cortina. Se sabe muy poco de su infancia y adolescencia. Era el cuarto hijo entre siete. Las primeras noticias que se tienen de Cervantes son de su etapa de estudiante, en Madrid.

A los veintidós años se fue a Italia, para acompañar al cardenal Acquaviva. En 1571 participó en la batalla de Lepanto, donde sufrió heridas en el pecho y la mano izquierda. Aunque su brazo quedó inutilizado, combatió después en Corfú, Ambarino y Túnez. En 1584 se casó con Catalina de Palacios, no fue un matrimonio afortunado. Tres años más tarde, en 1587, se trasladó a Sevilla y fue comisario de abastos. En esa ciudad sufrió cárcel varias veces por sus problemas económicos. Hacia 1603 o 1604 se fue a Valladolid, allí también fue a prisión, esta vez acusado de un asesinato. Desde 1606, tras la publicación del Quijote, fue reconocido como un escritor famoso y vivió en Madrid.

El rufián viudo trata con ironía y en tono cómico la muerte de la esposa de un personaje del hampa. La obra termina con la elección de una nueva esposa y un baile final.

PERSONAJES

Chiquiznaque, rufián
Juan Claros, rufián
La Mostrenca
La Repulida
La Pizpita
Trampagos
Vademécum, su criado
Uno

El rufián viudo llamado Trampagos

(Sale Trampagos con un capuz de luto, y con él Vademécum, su criado, con dos espadas de esgrima.)

Trampagos ¡Vademécum!

Vademécum ¿Señor?

Trampagos ¿Traes las morenas?

Vademécum Tráigolas.

Trampagos Está bien: muestra y camina,
y saca aquí la silla de respaldo,
con los otros asientos de por casa.

Vademécum ¿Qué asientos? ¿Hay alguno, por ventura?

Trampagos Saca el mortero, puerco, el broquel saca,
y el banco de la cama.

Vademécum Está impedido;
fáltale un pie.

Trampagos ¿Y es tacha?

Vademécum ¡Y no pequeña!

(Vase Vademécum.)

Trampagos ¡Ah, Pericona, Pericona mía,
y aun de todo el concejo! En fin, llegóse
el tuyo: yo quedé, tú te has partido,

y es lo peor que no imagino adónde,
aunque, según fue el curso de tu vida,
bien se puede creer piadosamente
que estás en parte... Aun no me determino
de señalarte asiento en la otra vida.
Tendréla yo, sin ti, como de muerte.
¡Que no me hallara yo a tu cabecera
cuando diste el espíritu a los aires,
para que le acogiera entre mis labios,
y en mi estómago limpio le envasara!
¡Miseria humana! ¿Quién de ti confía?
Ayer fui Pericona, hoy tierra fría,
como dijo un poeta celebérrimo.

(Entra Chiquiznaque, Rufián)

Rufián   Mi so Trampagos, ¿es posible sea
                  voacé tan enemigo suyo
                  que se entumbe, se encubra y se trasponga
                  debajo desa sombra bayetuna
                  el Sol hampesco? So Trampagos, basta
                  tanto gemir, tantos suspiros bastan;
                  trueque voacé las lágrimas corrientes
                  en limosnas y en misas y oraciones
                  por la gran Pericona, que Dios haya;
                  que importan más que llantos y sollozos.

Trampagos   Voacé ha garlado como un tólogo,
                  mi señor Chiquiznaque; pero, en tanto
                  que encarrilo mis cosas de otro modo,
                  tome vuesa merced, y platiquemos
                  una levada nueva.

Rufián   So Trampagos,

no es éste tiempo de levadas: llueven
o han de llover hoy pésames adunia,
y ¿hémonos de ocupar en levadicas?

(Entra Vademécum con la silla, muy vieja y rota.)

Vademécum ¡Bueno, por vida mía! Quien le quita
a mi señor de líneas y posturas,
le quita de los días de la vida.

Trampagos Vuelve por el mortero y por el banco,
y el broquel no se olvide, Vademécum.

Vademécum Y aun trairé el asador, sartén y platos.

(Vuélvese a entrar.)

Trampagos Después platicaremos una treta,
única, a lo que creo, y peregrina;
que el dolor de la muerte de mi ángel
las manos ata y el sentido todo.

Rufián ¿De qué edad acabó la mal lograda?

Trampagos Para con sus amigas y vecinas,
treinta y dos años tuvo.

Rufián   ¡Edad lozana!

Trampagos Si va a decir verdad, ella tenía
cincuenta y seis; pero, de tal manera
supo encubrir los años, que me admiro.
¡Oh, qué teñir de canas! ¡Oh,
qué rizos,

vueltos de plata en oro los cabellos!
A seis del mes que viene hará quince años
que fue mi tributaria, sin que en ellos
me pusiese en pendencia, ni en peligro
de verme palmeadas las espaldas.
Quince cuaresmas, si en la cuenta acierto,
pasaron por la pobre desde el día
que fue mi cara, agradecida prenda,
en las cuales, sin duda, susurraron
a sus oídos treinta y más sermones,
y en todos ellos, por respeto mío,
estuvo firme, cual está a las olas
del mar movible la inmovible roca.
¡Cuántas veces me dijo la pobreta,
saliendo de los trances rigurosos
de gritos y plegarias y de ruegos,
sudando y trasudando: «Plega al cielo,
Trampagos mío, que en descuento vaya
de mis pecados lo que aquí yo paso
por ti, dulce bien mío!».

Rufián   ¡Bravo triunfo!
¡Ejemplo raro de inmortal firmeza!
¡Allá lo habrá hallado!

Trampagos   ¿Quién lo duda?
Ni aun una sola lágrima vertieron
jamás sus ojos en las sacras pláticas,
cual si de esparto o pedernal su alma
formada fuera.

Rufián   ¡Oh, hembra benemérita
de griegas y romanas alabanzas!
¿De qué murió?

12

Trampagos	¿De qué? Casi de nada: los médicos dijeron que tenía malos los hipocondrios y los hígados, y que con agua de taray pudiera vivir, si la bebiera, setenta años.
Rufián	¿No la bebió?
Trampagos	Muriose.
Rufián	Fue una necia. ¡Bebiérala hasta el día del jüicio, que hasta entonces viviera! El yerro estuvo en no hacerla sudar.
Trampagos	Sudó once veces.

(Sale Vademécum con los asientos referidos.)

Rufián	¿Y aprovechóle alguna?
Trampagos	Casi todas: siempre quedaba como un ginjo verde, sana como un peruétano o manzana.
Rufián	Dícenme que tenía ciertas fuentes en las piernas y brazos.
Trampagos	La sin dicha era un Aranjukz; pero, con todo, hoy come en ella, la que llaman tierra, de las más blancas y hermosas carnes que jamás encerraron sus entrañas;

y, si no fuera porque habrá dos años
que comenzó a dañársele el aliento,
era abrazarla como quien abraza
un tiesto de albahaca o clavellinas.

Rufián

Neguijón debió ser, o corrimiento,
el que dañó las perlas de su boca,
quiero decir, sus dientes y sus muelas.

Trampagos

Una mañana amaneció sin ellos.

Vademécum

Así es verdad, mas fue deso la causa
que anocheció sin ellos; de los finos,
cinco acerté a contarle; de los falsos,
doce disimulaba en la covacha.

Trampagos

¿Quién te mete a ti en esto, mentecato?

Vademécum

Acredito verdades.

Trampagos

Chiquiznaque,
ya se me ha reducido a la memoria
la treta de denantes; toma, y vuelve
al ademán primero.

Vademécum

Pongan pausa,
y quédese la treta en ese punto;
que acuden moscovitas al reclamo.
La Repulida viene y la Pizpita,
y la Mostrenca, y el jayán Juan Claros.

Trampagos

Vengan en hora buena; vengan ellos
en cien mil norabuenas.

(Entran la Repulida, la Pizpita, la Mostrencay el rufián Juan Claros.)

Juan   En las mismas
                         esté mi sor Trampagos.

Repulida   Quiera el cielo
                         mudar su escuridad en luz clarísima.

Pizpita   Desollado le viesen ya mis lumbres
                         de aquel pellejo lóbrego y escuro.

Mostrenca   ¡Jesús, y qué fantasma noturnina!
                         Quítenmele delante.

Vademécum   ¿Melindricos?

Trampagos   Fuera yo un Polifemo, un antropófago,
                         un troglodita, un bárbaro Zoílo,
                         un caimán, un caribe, un comevivos,
                         si de otra suerte me adornara, en tiempo
                         de tamaña desgracia.

Juan   Razón tiene.

Trampagos   ¡He perdido una mina potosisca,
                         un muro de la yedra de mis faltas,
                         un árbol de la sombra de mis ansias!

Juan   Era la Pericona un pozo de oro.

Trampagos   Sentarse a prima noche, y, a las horas
                         que se echa el golpe, hallarse con sesenta
                         numos en cuartos, ¿por ventura es barro?
                         Pues todo esto perdí en la que ya pudre.

Repulida

Confieso mi pecado: siempre tuve
envidia a su no vista diligencia.
No puedo más; yo hago lo que puedo,
pero no lo que quiero.

Pizpita

No te penes,
pues vale más aquel que Dios ayuda,
que el que mucho madruga; ya me entiendes.

Vademécum

El refrán vino aquí como de molde;
¡Tal os dé Dios el sueño, mentecatas!

Mostrenca

Nacidas somos; no hizo Dios a nadie
a quien desamparase. Poco valgo;
pero, en fin, como y ceno, y a mi cuyo
le traigo más vestido que un palmito.
Ninguna es fea, como tenga bríos;
¡feo es el diablo!

Vademécum

Alega la Mostrenca
muy bien de su derecho, y alegara
mejor si se añadiera el ser muchacha
y limpia, pues lo es por todo estremo.

Rufián

En el que está Trampagos me da lástima.

Trampagos

Vestíme este capuz; mis dos lanternas
convertí en alquitaras.

Vademécum

¿De aguardiente?

Trampagos

Pues, ¿tanto cuelo yo, hi de malicias?

Vademécum	A cuatro lavanderas de la puente puede dar quince y falta en la colambre; miren qué ha de llorar, sino agua-ardiente.
Juan	Yo soy de parecer que el gran Trampagos ponga silencio a su contino llanto y vuelva al sicut erat in principio, digo a sus olvidadas alegrías, y tome prenda que las suyas quite; que es bien que el vivo vaya a la hogaza, como el muerto se va a la sepultura.
Repulida	Zonzorino Catón es Chiquiznaque.
Pizpita	Pequeña soy, Trampagos, pero grande tengo la voluntad para servirte; no tengo cuyo, y tengo ochenta cobas.
Repulida	Yo ciento, y soy dispuesta y nada lerda.
Mostrenca	Veinte y dos tengo yo, y aun venticuatro, y no soy mema.
Repulida	¡Oh mi Jezúz! ¿Qué es esto? ¿Contra mí la Pizpita y la Mostrenca? ¿En tela quieres competir conmigo, culebrilla de alambre, y tú, pazguata?
Pizpita	Por vida de los huesos de mi abuela, doña Mari-Bobales, monda-níspolas, que no la estimo en un feluz morisco. ¿Han visto el ángel tonto almidonado, cómo quiere empinarse sobre todas?

Mostrenca	Sobre mí no, a lo menos; que no sufro carga que no me ajuste y me convenga.
Juan	Adviertan que defiendo a la Pizpita.
Rufián	Consideren que está la Repulida debajo de las alas de mi amparo.
Vademécum	Aquí fue Troya, aquí se hacen rajas; los de las cachas amarillas salen; aquí, otra vez, fue Troya.
Repulida	Chiquiznaque, no he menester que nadie me defienda; aparta, tomaré yo la venganza, rasgando con mis manos pecadoras la cara de membrillo cuartanario.
Juan	¡Repulida, respeto al gran Juan Claros!
Pizpita	Déjala, venga; déjala que llegue esa cara de masa mal sobada.

(Sale uno muy alborotado.)

Uno	Juan Claros, ¡la justicia, la justicia! El alguacil de la justicia viene la calle abajo.

(Vase luego.)

Juan	¡Cuerpo de mi padre! ¡No paro más aquí!

Trampagos	Ténganse todos; ninguno se alborote; que es mi amigo el alguacil; no hay que tenerle miedo.

(Torna a salir.)

Uno	No viene acá, la calle abajo cuela.

(Vase.)

Rufián	El alma me temblaba ya en las carnes, porque estoy desterrado.
Trampagos	Aunque viniera, no nos hiciera mal, yo lo sé cierto; que no puede chillar, porque está untado.
Vademécum	Cese, pues, la pendencia, y mi sor sea el que escoja la prenda que le cuadre o le esquine mejor.
Repulida	Yo soy contenta.
Pizpita	Y yo también.
Mostrenca	Y yo.
Vademécum	Gracias al cielo, que he hallado a tan gran mal, tan gran remedio.
Trampagos	Abúrrome, y escojo.
Mostrenca	Dios te guíe.

Repulida   Si te aburres, Trampagos, la escogida
               también será aburrida.

Trampagos   Errado anduve;
               sin aburrirme escojo.

Mostrenca   Dios te guíe.

Trampagos   Digo que escojo aquí a la Repulida.

Juan   Con su pan se la coma, Chiquiznaque.

Rufián   Y aun sin pan, que es sabrosa en cualquier
               modo.

Repulida   Tuya soy; ponme un clavo y una «S»
               en estas dos mejillas.

Pizpita   ¡Oh hechicera!

Mostrenca   No es sino venturosa; no la envidies,
               porque no es muy católico Trampagos,
               pues ayer enterró a la Pericona,
               y hoy la tiene olvidada.

Repulida   Muy bien dices.

Trampagos   Este capuz arruga, Vademécum;
               y dile al padre que sobre él te preste
               una docena de reales.

Vademécum   Creo
               Que tengo yo catorce.

Trampagos   Luego luego,
                parte, y trae seis azumbres de lo caro;
                alas pon en los pies.

Vademécum   Y en las espaldas.

(Vase Vademécum con el capuz, y queda en cuerpo Trampagos.)

Trampagos   ¡Por Dios, que si durara la bayeta,
                que me pudieran enterrar mañana!

Repulida   ¡Ay, lumbre destas lumbres, que son tuyas,
                y cuán mejor estás en este traje,
                que en el otro, sombrío y malencónico!

(Salen dos Músicos, sin guitarras.)

Músico I   Tras el olor del jarro nos venimos
                yo y mi compadre.

Trampagos   En hora buena sea.
                ¿Y las guitarras?

Músico I   En la tienda quedan;
                vaya por ellas Vademécum.

Músico II   Vaya;
                mas yo quiero ir por ellas.

Músico I   De camino,
(Vase el Músico II.)   diga a mi oíslo que, si viene alguno
                al rapio rapis, que me aguarde un poco:
                que no haré sino colar seis tragos,
                y cantar dos tonadas y partirme;

que ya el señor Trampagos, según muestra,
está para tomar armas de gusto.

(Vuelve Vademécum.)

Vademécum   Ya está en el antesala el jarro.

Trampagos   Traile.

Vademécum   No tengo taza.

Trampagos   Ni Dios te la depare.
El cuerno de orinar no está estrenado;
tráele, que te maldiga el cielo santo;
que eres bastante a deshonrar un duque.

Vademécum   Sosiéguese; que no ha de faltar copa,
y aun copas, aunque sean de sombreros.
(Aparte.)   (A buen seguro que éste es churrullero.)

(Entra Uno, como cautivo, con una cadena al hombro, y pónese a mirar a
todos muy atento, y todos a él.)

Repulida   ¡Jesús! ¿Es visión ésta?
¿Qué es aquesto?
¿No es éste Escarramán? él es, sin duda.
¡Escarramán del alma, dame, amores,
esos brazos, coluna de la hampa!

Trampagos   ¡Oh Escarramán, Escarramán amigo!
¿Cómo es esto? ¿A dicha eres estatua?
Rompe el silencio y habla a tus amigos.

Pizpita   ¿Qué traje es éste y qué cadena es ésta?

¿Eres fantasma, a dicha? Yo te toco,
y eres de carne y hueso.

Mostrenca   Él es, amiga;
no lo puede negar, aunque más calle.

Escarramán   Yo soy Escarramán, y estén atentos
al cuento breve de mi larga historia.

(Vuelve el barbero Músico II con dos guitarras, y da la una al compañero.)

«Dio la galera al traste en Berbería,
donde la furia de un jüez me puso
por espalder de la siniestra banda;
mudé de cautiverio y de ventura;
quedé en poder de turcos por esclavo;
de allí a dos meses, como el cielo plugo,
me levanté con una galeota;
cobré mi libertad y ya soy mío.
Hice voto y promesa invïolable
de no mudar de ropa ni de carga
hasta colgarla de los muros santos
de una devota ermita, que en mi tierra
llaman de San Millán de la Cogolla.»
Y éste es el cuento de mi extraña historia,
digna de atesorarla en mi memoria.
La Méndez no estará ya de provecho.
¿Vive?

Juan   Y está en Granada a sus anchuras.

Rufián   ¡Allí le duele al pobre todavía!

Escarramán   ¿Qué se ha dicho de mí en aqueste mundo,

en tanto que en el otro me han tenido
mis desgracias y gracia?

Mostrenca
Cien mil cosas;
ya te han puesto en la horca los farsantes.

Pizpita
Los muchachos han hecho pepitoria
de todas tus médulas y tus huesos.

Repulida
Hante vuelto divino: ¿qué más quieres?

Rufián
Cántante por las plazas, por las calles;
báilante en los teatros y en las casas;
has dado que hacer a los poetas,
más que dio Troya al mantuano Títiro.

Juan
Óyente resonar en los establos.

Repulida
Las fregonas te alaban en el río;
los mozos de caballos te almohazan.

Rufián
Túndete el tundidor con sus tijeras;
muy más que el potro rucio eres famoso.

Mostrenca
Han pasado a las Indias tus palmeos,
en Roma se han sentido tus desgracias,
y hante dado botines sine numero.

Vademécum
Por Dios que te han molido como alheña,
y te han desmenuzado como flores,
y que eres más sonado y más mocoso
que un reloj y que un niño de dotrina.
De ti han dado querella todos cuantos
bailes pasaron en la edad del gusto,

con apretada y dura residencia;
pero llevóse el tuyo la excelencia.

Escarramán   Tenga yo fama, y háganme pedazos;
de éfeso el templo abrasaré por ella.

(Tocan de improviso los Músicos, y comienzan a cantar este romance)

Músicos   «Ya salió de las gurapas
el valiente Escarramán,
para asombro de la gura
y para bien de su mal.»

Escarramán   ¿Es aquesto brindarme, por ventura?
¿Piensan se me ha olvidado el regodeo?
Pues más ligero vengo que solía;
si no, toquen, y vaya, y fuera ropa.

Pizpita   ¡Oh flor y fruto de los bailarines,
y qué bueno has quedado!

Vademécum   Suelto y limpio.

Juan   él honrará las bodas de Trampagos.

Escarramán   Toquen; verán que soy hecho de azogue.

Músico I   Váyanse todos por lo que cantare,
y no será posible que se yerren.

Escarramán   Toquen; que me deshago y que me bullo.

Repulida   Ya me muero por verle en la estacada.

Músico II	Estén alerta todos.
Rufián	Ya lo estamos.

(Cantan.)

Músicos

Ya salió de las gurapas
el valiente Escarramán,
para asombro de la gura,
y para bien de su mal.
Ya vuelve a mostrar al mundo
su felice habilidad,
su ligereza y su brío,
y su presencia real.
Pues falta la Coscolina,
supla agora en su lugar
la Repulida, olorosa
más que la flor de azahar.
Y, en tanto que se remonda
la Pizpita sin igual,
de la Gallarda el paseo
nos muestre aquí Escarramán.

(Tocan la Gallarda; dánzala Escarramán, que le ha de hacer el bailarín; y, en habiendo hecho una mudanza, prosíguese el romance.)

La Repulida comience,
con su brío, a rastrear,
pues ella fue la primera
que nos le vino a mostrar.
Escarramán la acompañe;
la Pizpita, otro que tal,
Chiquiznaque y la Mostrenca,
con Juan Claros el galán.

¡Vive Dios que va de perlas!
No se puede desear
más ligereza o más garbo,
más certeza o más compás.
¡A ello, hijos, a ello!
No se pueden alabar
otras ninfas ni otros rufos
que nos pueden igualar.
¡Oh, qué desmayar de manos!
¡Oh, qué huir y qué juntar!
¡Oh, qué nuevos laberintos,
donde hay salir y hay entrar!
Muden el baile a su gusto,
que yo le sabré tocar:
el Canario, o las Gambetas,
o Al villano se lo dan,
Zarabanda, o Zambapalo,
el Pésame dello y más;
el Rey don Alonso el Bueno,
gloria de la antigüedad.

Escarramán   El Canario, si le tocan,
                      a solas quiero bailar.

Músico I   Tocaréle yo de plata;
                      tú de oro le bailarás.

(Toca el Canario, y baila solo Escarramán; y, en habiéndole bailado, diga.)

Escarramán   Vaya El villano a lo burdo,
                      con la cebolla y el pan,
                      y acompáñenme los tres.

Músico II   Que te bendiga San Juan.

(Bailan el Villano, como bien saben, y, acabado el Villano, pida. Escarramán el baile que quisiere, y acabado, diga Trampagos.)

Trampagos   Mis bodas se han celebrado
mejor que las de Roldán.
Todos digan, como digo:
¡Viva, viva Escarramán!

Todos   ¡Viva, viva!

Fin del entremés

Libros a la carta

A la carta es un servicio especializado para
empresas,
librerías,
bibliotecas,
editoriales
y centros de enseñanza;
y permite confeccionar libros que, por su formato y concepción, sirven a los propósitos más específicos de estas instituciones.

Las empresas nos encargan ediciones personalizadas para marketing editorial o para regalos institucionales. Y los interesados solicitan, a título personal, ediciones antiguas, o no disponibles en el mercado; y las acompañan con notas y comentarios críticos.

Las ediciones tienen como apoyo un libro de estilo con todo tipo de referencias sobre los criterios de tratamiento tipográfico aplicados a nuestros libros que puede ser consultado en Linkgua-ediciones.com .

Linkgua edita por encargo diferentes versiones de una misma obra con distintos tratamientos ortotipográficos (actualizaciones de carácter divulgativo de un clásico, o versiones estrictamente fieles a la edición original de referencia).

Este servicio de ediciones a la carta le permitirá, si usted se dedica a la enseñanza, tener una forma de hacer pública su interpretación de un texto y, sobre una versión digitalizada «base», usted podrá introducir interpretaciones del texto fuente. Es un tópico que los profesores denuncien en clase los desmanes de una edición, o vayan comentando errores de interpretación de un texto y esta es una solución útil a esa necesidad del mundo académico.

Asimismo publicamos de manera sistemática, en un mismo catálogo, tesis doctorales y actas de congresos académicos, que son distribuidas a través de nuestra Web.

El servicio de «libros a la carta» funciona de dos formas.

1. Tenemos un fondo de libros digitalizados que usted puede personalizar en tiradas de al menos cinco ejemplares. Estas personalizaciones pueden ser de todo tipo: añadir notas de clase para uso de un grupo de estudian-

tes, introducir logos corporativos para uso con fines de marketing empresarial, etc. etc.

2. Buscamos libros descatalogados de otras editoriales y los reeditamos en tiradas cortas a petición de un cliente.